27 Avril

AF343141

Deux importants

COLLIERS

DE PERLES

Paris — 1909

CATALOGUE

DE

DEUX IMPORTANTS

Colliers de Perles

DONT LA VENTE

PAR SUITE DE DÉCÈS

AURA LIEU A PARIS

HOTEL DROUOT, Salles N°s 9 et 10

Le Mardi 27 Avril 1909, à 3 heures

COMMISSAIRE-PRISEUR

Me HENRI BAUDOIN, successeur de Me PAUL CHEVALLIER

10, rue Grange-Batelière, 10

EXPERTS

MM. MANNHEIM	M. G. FALKENBERG
7, rue Saint-Georges, 7	6, rue La Fayette, 6

EXPOSITIONS

PARTICULIÈRE : *Le Dimanche 25 Avril 1909, de 1 h. 1/2 a 5 h. 1/2*

PUBLIQUE : *Le Lundi 26 Avril 1909, de 1 h. 1/2 à 5 h. 1/2*

Entrée par la rue Grange-Batelière.

CONDITIONS DE LA VENTE

Elle sera faite au comptant.

Les acquéreurs payeront *dix pour cent* en sus des en
chères.

Paris. — Imp. Georges Petit, 12, rue Godot-de-Mauroi. — 19581-09.

DÉSIGNATION

N° 1.

Collier, composé de quarante-neuf perles d'Orient.

Poids : 593 grains 1/2.
Moyenne : 12,11 grains.
Une fois le poids = 7.187 fr. 28.

N° 2.

Collier, composé de cinquante et une perles d'Orient. avec fermoir brillants.

Poids : 581 grains.
Moyenne : 11,39 grains.
Une fois le poids = 6.617 fr. 59.

DEUX IMPORTANTS
COLLIERS DE PERLES

Carte d'Entrée à l'Exposition Particulière

HOTEL DROUOT, Salles Nᵒˢ 9 et 10

Le Dimanche 25 Avril 1909, de 1 heure 1/2 à 5 heures 1/2.

COMMISSAIRE-PRISEUR

Mᵉ HENRI BAUDOIN, Successeur de Mᵉ Paul Chevallier

EXPERTS

MM. MANNHEIM | M. G. FALKENBERG

Entrée par la rue Grange-Batelière

www.ingramcontent.com/pod-product-compliance
Lightning Source LLC
LaVergne TN
LVHW021817060726
842528LV00004B/1388